UNMASKED WRITINGS:
LOVE FROM AFAR

HISTORIAS DESCONFINADAS:
AMOR A DISTANCIA

Preface/ Prefacio

As I write this at the library, mask on, glasses discarded after losing their battle with the steam, I cannot help but wonder: 'How often can we become conscious we are part of history? How often can we identify a present moment which humanity will remember forever?' The current Covid-19 pandemic is one of those historical milestones, one we get to witness from within. The pieces written by the writers and translators in this collection zoom in and out of our hearts and minds as we experience this unprecedented reality. What better means to express, to translate, to give an account of what we are going through than art? When later generations study this at school –which will probably be entirely virtual-, when historians and anthropologists try to explain what we went through, when any person in the future wonders what life was like 'back then', I am sure they will turn to films, plays, songs, poems, short stories, and any artistic expression for a full and true account of what it meant to live in the time of the 'the virus'.

The texts in this collection explore our feelings, thoughts and actions in a time of sporadic and yet eternal lockdowns. As the walls grow smaller, the voices begin to look into their inner selves and grab an anthropological magnifying glass to observe how reality has changed with the pandemic.

Plans to make the most of the new free time turn into a kind of frustration and guilt when all we do is stay in our bed or on the couch. A bitter-sweet tenderness arises as we realise we are to face our pain and loneliness accompanied only by someone on a screen. We come to value things, however small, that for a long time we had been taking for granted: a hug, a visible smile, holding hands, a drink at the pub, but also an appreciation of the world around us. As the skies clear, we cherish the various shades of green, endless cyclic sunsets, rows of roof tiles, a new possible route in our daily walk. Even furniture and rooms become protagonists as 'indoors' is now our only habitat. Meeting family or close friends out on the patio becomes subject to tough moral and ethical tests which we seem to be on the verge of failing every time as the invisible enemy may be sitting at the edge of a cracker or at a droplet travelling at the speed of a sneeze. To eat or not to eat, to meet or not to meet, to speak or not to speak, all underly new uncovered moral dilemmas raised by the virus. The unprecedented entails an ever-growing uncertainty visible in tongue-twistingly intricate political measures, uncertainty in relationships, in protocols, in personal plans, in memory, in language.

These talented writers have given way to dystopic, sketching, cathartic, self-referential, questioning, tender and poetic voices. Each of them a brush painting a vast canvas in which emotions and thoughts are restructured as a result of experiencing the 'new normality'; experiences with which the contemporary reader of this collection can easily identify.

Quienes se acerquen a este libro, encontrarán también las traducciones al español de cada uno de los textos originales, reflejos combados de las historias que germinaron en los teclados de los autores, regados de ausencias en los eternos meses de encierro de 2020. Como señalaba Umberto Eco, traducir es decir casi la misma cosa. Ese casi es, sin embargo, un término flexible, de largo aliento, que abraza múltiples enfoques y aproximaciones al texto de partida. Todas son bienvenidas en las traducciones de esta colección. Unas se pegan al original casi como una segunda piel que se funde con la anatomía del relato para latir a un mismo ritmo. Otras horadan el texto para insuflarle aires nuevos que lo revitalizan y lo desengranan, siquiera ligeramente, de los ejes sobre los que pivotaba la historia. Por último, algunas traducciones cartografían el texto fuente, lo deconstruyen, lo recomponen y nos descubren nuevas dimensiones que, en una parábola irónica y espléndida, nos acercan un poco más a la obra original y su sentido profundo.

Sea como fuere, la traducción tumba las barreras de la escritura monolingüe y da nuevas vidas al texto, permitiendo que circule libremente en espacios más amplios, mezclando dos lenguas para que ambas historias se nutran mutuamente en una simbiosis que las hace únicas en sus semejanzas. Traducir literatura es navegar una yuxtaposición constante de sustantivos: es esfuerzo y creatividad, ingenio y sistematismo, trabajo y pasión, libertad y contención.

Y también es arte; un arte que los traductores noveles que han participado en esta colección han demostrado inspirar y expirar a una edad muy temprana. Gracias a ellos y gracias a los autores, podemos hoy asomarnos a un abanico poliédrico de historias que, por separado, son un relato de la intimidad, de lo cotidiano, de la introspección, pero que, en su conjunto, trazan un mapa de la distancia, de la soledad, de los abrazos rotos y los lazos segados, pero también de la esperanza en tiempos de pandemia. Os invitamos pues a que abráis todas estas ventanas para mirar, no hacia fuera esta vez, sino hacia dentro: hacia esa uniformidad sentimental, esas identidades difuminadas y esas vidas en pausa que nos trajo lo impensable.

Antonela Pallini-Zemin,
project liaison coordinator, Norwich

Bruno Echauri Galván,
coordinador del proyecto, Alcalá de Henares

2021

Contents

Can I Call You Back?
Charlotte Brammer   **10**

¿Puedo llamarte más tarde?
Charlotte Brammer
translated by Silvia Sánchez Tudela   **24**

Isolation ≠ Alone
Milly Barton   **40**

Aislamiento Aislada
Milly Barton
translated by Beatriz López Quiroga
and Almudena de Agustín Porras   **50**

Things Past Redress
Siobhan Horner   **62**

Las cosas que pasamos por alto
Siobhan Horner
translated by Ángela Muro Arpón
and Claudia Medrano González   **72**

Can I call you back?
Charlotte Brammer

INT. LIVING ROOM—MORNING

A MAN (Frank), 80s, with balding grey hair sits in an armchair. He hovers over a cup of tea, glances at his watch, puts his glasses on then picks up a house phone.

He dials a number (BEAT) a voicemail message plays.

He sips his tea and put his glasses back on. He calls again. It connects.

                FRANK
    Jonathan? Are you there, son? I can't seem to work this bloody—

            JONATHAN (OFF SCREEN)
                (Interrupting)
    I'm here, Dad. You okay?

                FRANK
    I'll be right as rain when this is over, don't worry about me. How was work? Is it bedlam?

                    JONATHAN (O.S)
                I'm knackered.
(there is a sound of opening Tupperware)
It never seems to end. We're doing what we
can. At least I'm out the house though, ey?
Not locked inside like you old timer.

                    FRANK
                  (chuckles)
            It's not so bad. I've got what every
man would want if he was trapped inside—
lots of whiskey and papers.

                    (BEAT)
It's your mother I miss.

                    JONATHAN (O.S)
          (With the sound of food in his mouth)
            I know, Dad. I miss her too. You know
what she'd say.
(Mimics a high pitch, Irish voice) If you
spent every day counting cows—

                    FRANK
          (Interrupts, doing the same impression)
—you'll never get a cut of the beef. (He

reaches for a bottle next to his chair, a drink is poured into a glass with already coated ice)
    I know. Bloody woman never made any sense.

                    JONATHAN (O.S)
               (Sound of tap running)
    I'll come and see you when I can.

                         FRANK
He shifts his weight and chuckles.
    Okay son. Bye. Make sure you're keeping yourself safe.

                    JONATHAN (O.S)
(with a sound of plates hitting each other)
Yeah yeah. I'm sure I'll be fine. Love you.

                         FRANK
      (grunts) Yeah yeah.

The phone cuts off. FRANK puts the phone down, takes a sip of his drink and sighs. He stands up, pick up his paper from a pile of old ones, and heads towards the door.
CUT TO:

INT. BEDROOM—NIGHTTIME

A WOMAN, Mia, 20s with dark, braided hair sits in her bedroom that is dimly lit with pink lights. She is laying on her bed, legs crossed, in shorts and a sports bra, talking into her phone.

                  MIA
—I know! I know. I thought it was so clever. I don't get how they made him look so tall in the film! I heard he's only like 5'6!

              TOM (OFF SCREEN)
I think they put him in platforms? I'm not sure. We'll have to find out—want to race for it?

                  MIA
              (laughing)
Sure, sure. Give me a sec.

She walks to her desk and picks up her laptop, throwing it lazily on her bed lazily, she opens it
    Okay. Ready. You good?

TOM (OFF SCREEN)
          Yeah okay. Let's go.

we hear fast keyboard typing

                     MIA
            (grinning at her computer)
          Got it! he wasn't on platforms, it was

                TOM (OFF SCREEN)
          A trick with the cameras. Yeah, yeah,
you win.
          (the sound of shuffling is heard, duvets
                    being shifted)
                    (sighs)
          When this is over, I'll have to take
you on a proper date. This just feels so un-
fair.

                     MIA
     (She rolls over in her bed, playing with her
                 hair and sighs).

          I know, but look at least we know
we'll be fine. The timing was just bad. We're
making our own fun.

(she picks up an envelope and smiles)

Thanks for the poem, you soppy little thing — didn't have you pegged as a writer!

TOM (OFF SCREEN)
(there's a sound of the phone shifting)
Yeah well,
(in a teasing voice) I do my best Mimi. Got to do something before all the boys get you.

MIA (BEAT)
(laughs, then starts tearing up)
You're daft. I'll call you later, I think my shop is here. Speak soon?

TOM (OFF SCREEN)
Yeah yeah, always

Mia gets up and walks over to her window. She is still fiddling with the envelope. She heaves it open and shouts.

MIA
Thanks Sam! Just leave it on the doorstep, left you a card through the letterbox!

                    SAM (VOICE OVER)
          No problem! Give me a call if you want
anything.
               (a car door slams)

CUT TO:
HOME OFFICE—MIDDAY

A GIRL (JESSICA), early teens, caucasian
with bright ginger hair, sits on an office
chair that is slightly too big for her. She
is in front of an open laptop screen, where
a woman (JULIE) in her late 30s is talking
to her on a call. Jessica is fidgeting with a
bobble on her wrist.

                         JULIE
          I understand this is new and very dif-
ficult for you, but I want you to know I'm
here to help.

                        JESSICA
          I don't need to go to therapy, you
seem nice and all, but I don't really
   think I need this.

                    JULIE
     (with a slight smile and a sigh) Your
mum's worried about you and wants you to
have somebody to talk to. I know it is hard
not being able to meet me but I do want to
help you. Just us.

she looks around and leans in closer to the
camera. Jessica speaks in a quiet, scared voice

               (BEAT) JESSICA
     And you promise you won't tell her?

                    JULIE
          Not if you don't want me to.

               (BEAT) JESSICA
     Being locked in the house all day is
making people act weird. I dunno. I dunno if
I'm allowed to say this but the other day —

  A man (DAVID) walks in, older with the same
hair, 40s, he is dressed in workout clothes
and is sweating

DAVID
There she is, my Jessie!
(He hugs her from behind the chair, squeezing her)
Who's this, then?

JULIE
Mr. Robinson, I'm here to talk to Jessica about some trouble she's been having. I think it'll be easier if it's just us, if you don't mind?

DAVID
(He squeezes Jessica's shoulders)
No no, don't mind me! Go on kiddo, but don't be spilling all our family secrets ey!

(he squeezes her shoulders again, a bit tighter this time and looks out the window)

That'll be Sam
He leaves

JULIE
Now, Jessica, what were you—

JESSICA
(fidgeting)
can we not do this right now please. I don't want to anymore. Can we do this a different time maybe?
(BEAT) JULIE
(with concern) Jess, is everything okay at home?

JESSICA
I need to go and help put the shopping away. Thanks Julie, I'll get my mum to text you. Sorry for wasting your time.

JULIE
You haven't was—

JESSICA
Bye!

She leaves, rubbing her shoulders as muttering is heard between SAM and DAVID

CUT TO:
INT: CAR—NIGHTTIME

There is a woman (ELIZA), late 30s, dirty blonde hair, pale and slightly red faced. she is driving down a long lane, she is on the phone.

ELIZA

I just can't do it. I can't. I won' t.(softly) How. How could he do this to me.

There is a muffled talking from the other end of the phone—she puts it on the car radio

No. No I don't want to talk about it. I can't talk about it. I just need somebody —

More muffled sound

No not anybody. I don't think you understand.

(BEAT)

(whispers)It just wasn't supposed to be this way.

(BEAT)
(she starts tearing up)

I just—needed this. not in the way that you need something and convince yourself you'll be nothing without it. I needed it for me. 12 years. 12 years of my life loving it. Loving now—

(her voice breaks)

him and what the fuck am I supposed to

do?fucking divorce. DIVORCE. I am going crazy. Or maybe I'm not. I just hate this. I seem to be feeling everything at once, or nothing at all. Why can't I just—

PAUL
(softly) Liza.

She stares in the rearview mirror.

ELIZA
—Why can't I just feel everything normally. In equal proportion. That's what I want. Am I not enough? Is that it? why? tell me why! Paul!

PAUL
I can—

ELIZA
—can't. I know. nobody knows. I think he's met someone. I think he's met someone whilst he's been away. Am I going crazy. My life is being torn apart and I just feel so alone.

PAUL

He isn't making any sense Liza, I can't understand it.

(BEAT)

I wish I was there to take care of you.

ELIZA

I just feel so sticky. like the whole world is clinging to me and I can't hold on or move or say anything to make anything better, for anyone. I know people care I just—

She pulls over on the side of the road.

—everywhere hurts and nobody is there to soften it.

ELIZA (cont'd)
(BEAT)

This isn't something I'm used to dealing with. Especially not from him. Not without him. I can't do this tonight. I miss you. I love you. Stay safe.

                    PAUL
     Liza come on. Don't you think we
should at least—

                    ELIZA
     No. not tonight. Don't tell mum and
dad. They'll worry.

                    PAUL
     Liza—

                    ELIZA
     —I'm not going to kill myself Paul.
far too busy for that.
     (sniffling) Love you. Bye.

                    PAUL
     Love you. bye.

ELIZA gets out of the car and walks towards a house; she sighs as she sees shopping bags on her front door. They're getting wet in the rain. She sees SAM driving off in his van and gives him a wry smile and a little wave. She heaves the bags into her house and shuts the door gently.

¿Puedo llamarte más tarde?

Charlotte Brammer
translated by Silvia Sánchez Tudela

INT. SALA DE ESTAR—DE MAÑANA

Un HOMBRE (Frank), de unos 80 años, con poco pelo gris, está sentado en un sillón. Se inclina sobre una taza de té, mira su reloj, se pone las gafas y coge el teléfono de la casa. Marca un número (SONIDO) suena un mensaje en el buzón de voz. Le da un trago a su té y se vuelve a poner las gafas. Llama otra vez. Lo cogen.

                FRANK
¿Jonathan? ¿Estás ahí, hijo? Creo que esta maldita cosa no funciona

                JONATHAN (OFF SCREEN)
                (interrumpiendo)
Estoy aquí, papá. ¿Estás bien?

                FRANK
Estaré bien cuando todo esto acabe, no te preocupes por mí. ¿Cómo ha ido el trabajo? ¿Es un caos?

                    JONATHAN (O.S.)
    Estoy hecho polvo.
         (se oye un sonido de un Tupperware
abriéndose)
    Parece que no acaba nunca. Hacemos lo que
podemos. Por lo menos estoy fuera de casa,
¿eh? No encerrado como tú, viejo amigo.

                    FRANK
                    (ríe)
    No se está tan mal. Tengo todo lo que
cualquier hombre querría si estuviera atrapado
dentro de casa: mucho whiskey y periódicos.
                    (SONIDO)
    Echo de menos a tu madre.

                    JONATHAN (O.S.)
         (con el sonido de comida en la boca)
    Ya lo sé, papá. Yo también la echo
de menos. Ya sabes lo que diría (imita una
voz de pito irlandesa) Si os pasáis el día
contando vacas—

                    FRANK
         (interrumpe, poniendo la misma voz)

                    25

                    FRANK (CONT'D)
        -nunca conseguiréis la carne.
        (coge una botella cerca de su silla, se
        echa una bebida en un vaso que ya tiene hielo)
        Ya lo sé. Vaya mujer, nunca se la entendía.

                    JONATHAN (O.S.)
                    (con el sonido de platos chocando unos
        con otros)
        Sí, sí. Estoy seguro de que estaré
        bien. Te quiero.

                    FRANK
                    (gruñe)
        Sí, sí.
Se corta la llamada. FRANK baja el teléfono, da un trago a su bebida y suspira. Se levanta, coge un periódicos de una pila de periódicos viejos y se dirige hacia la puerta.

INT. DORMITORIO—DE NOCHE

Una MUJER, Mia, de unos 20 años y pelo oscuro trenzado, está sentada en su habitación iluminada tenuemente por luces rosas. Está tumbada en la cama, con las piernas cruzadas y lleva pantalones cortos y un sujetador deportivo. Está hablando por teléfono.

           MIA
-¡Ya ves! Ya ves. Pensé que era super inteligente. No entiendo cómo hicieron que pareciera tan alto en la película. ¡He oído que solo mide 1,67!

           TOM (O.S.)
    Creo que le pusieron plataformas.
No estoy seguro. Tendremos que averiguarlo. ¿Quieres apostar?

           MIA
          (riendo)
    Vale, vale. Dame un segundo.

Va hacia su escritorio y coge su portátil, lanzándolo con pereza a la cama, y lo abre.
    Vale, ya estoy. ¿Tú?
    Sí, vamos.

                    TOM (O.S.)
        (se oye el sonido de las teclas)

                    MIA
        (sonriendo a su ordenador)
¡Ya lo tengo! No tenía plataformas, fue…

                    TOM (O.S.)
        Un truco de las cámaras. Vale, vale, tú ganas.(se oye un sonido del edredón removiéndose)
                    (suspira)
        Cuando esto acabe tendremos una cita en condiciones. Esto es muy injusto.

                    MIA
        (da vueltas en su cama, jugando con su pelo y suspira)Ya lo sé, pero por lo menos sabemos que estaremos bien. No fue el mejor momento. Aunque nos estamos divirtiendo.
        (coge un sobre y sonríe)
        Gracias por el poema, tonto.¡No te tomaba por un escritor!

TOM (O.S.)
(suena el sonido del teléfono cambiando)
Ya, bueno,
(con voz juguetona)
Lo hago lo mejor que puedo, Mimi. Tengo que hacer algo antes de que todos los chicos vayan detrás de ti.

MIA (SONIDO)
(se ríe, luego comienza a sollozar)
Eres tonto. Te llamo luego, creo que ha llegado mi compra. ¿Hablamos pronto?

TOM (O.S.)
Sí, claro, como siempre.
Mia se levanta y va hacia la ventana. Todavía está jugando con el sobre. Abre la ventana de golpe y grita.

MIA
¡Gracias, Sam! Déjalo en la puerta, te he dejado una tarjeta en el buzón.

SAM (VOICE OVER)
¡Sin problema! Llámame si necesitas algo.

(se cierra la puerta del coche de golpe)

OFICINA DE CASA - MEDIODÍA

Una CHICA (JESSICA), joven adolescente, caucásica y pelirroja, está sentada en una silla de oficina que es un poco grande para ella. Está en frente de la pantalla de un portátil, donde una mujer (JULIE), que tiene 30 y muchos, le está hablando por llamada. Jessica está jugando con un coletero que tiene en la muñeca.

JULIE
Entiendo que esto es nuevo y muy difícil para ti, pero quiero que sepas que estoy aquí para ayudarte.

JESSICA
No necesito ir a terapia, pareces maja y eso pero no creo que lo necesite.

JULIE
(con una pequeña sonrisa y un suspiro)
Tu madre está preocupada por ti y quiere

que tengas a alguien con quien hablar. Sé que
es difícil no poder quedar en persona pero
quiero ayudarte. Solo nosotras.

(SONIDO)

JESSICA
(mira alrededor y se acerca a la cámara.Habla en un tono bajo y con miedo)
¿Y prometes que no se lo vas a decir?

JULIE
Si tú no quieres, no.

(SONIDO)

JESSICA
Estar encerrada en casa todo el día
está haciendo que la gente haga cosas raras.
Yo no. No sé si puedo decir esto pero el
otro día…

Un hombre (DAVID) entra en la habitación, es más mayor y tiene el mismo pelo, unos 40 años, lleva ropa de deporte y está sudando.

DAVID
¡Ahí está mi Jessie!
La abraza desde detrás de la silla, achuchándola. ¿Quién es?

JULIE
Señor Robinson, estoy aquí para hablar con Jessica de algunos problemas que ha estado teniendo últimamente. Creo que sería mejor si estamos solo nosotras, si no le importa.

DAVID
(le da un apretón a los hombros de Jessica)
No, no, como si yo no estuviera. Vamos hija, pero no le cuentes todos los secretos de la familia, ¿eh?

Le vuelve a dar un apretón en los hombros, un poco más fuerte esta vez y mira por la ventana.

Se va.

(SONIDO)
Ese tiene que ser Sam

JULIE
Bueno, Jessica, ¿qué me estabas…

JESSICA
(jugando con el coletero)
¿Podemos dejarlo para otro momento? No quiero hablar más. ¿Podemos hacerlo otro día?

JULIE
(preocupada)
Jess, ¿va todo bien en casa?

JESSICA
Tengo que irme y ayudar a colocar la compra. Gracias, Julie, le diré a mi madre que te escriba. Perdón por hacerte perder el tiempo.

JULIE
No has -
¡Adiós!

JESSICA

Se va, masajeándose los hombros mientras se escucha un murmullo de SAM y DAVID.

INT. COCHE—DE NOCHE

Una mujer (ELIZA), de 30 y muchos años, pelo rubio sucio, pálida y con la cara un poco roja. Está conduciendo por un carril muy largo, está hablando por teléfono.

ELIZA
No puedo hacerlo. No puedo. No lo haré.
(suavemente)
¿Cómo? ¿Cómo ha podido hacerme esto?
(se oye un murmullo de voces desde la otra línea - ella lo pone en la radio del coche)
No. No. No quiero hablar de ello. No puedo. Solo necesito a alguien -
(más conversación amortiguada)
No. No cualquiera. No creo que lo entiendas.
(SONIDO)
(susurra)
Esto no tendría que haber pasado.
(SONIDO)
(empieza a llorar)

Solo… necesito esto. No en la manera en la que necesitas algo y te convences a ti misma de que no puedes vivir sin ello. Lo necesitaba por mí. 12 años. 12 años de mi vida queriéndole. Y ahora… (se le rompe la voz)

ELIZA (CONT'D)
¿Qué coño se supone que tengo que hacer ahora? Maldito divorcio. DIVORCIO. Me estoy volviendo loca. O puede que no. Solo odio esta situación. Estoy sientiéndolo todo de una, o nada en absoluto. ¿Por qué no puedo—

PAUL
(suavemente)
Liza.

ELIZA
(mira por el retrovisor)
¿Por qué no puedo sentirlo todo de manera normal? En proporciones iguales. Eso es lo que quiero. ¿No soy suficiente? ¿Es eso? ¿Por qué? ¡Dime, Paul!

PAUL
Puedo...

ELIZA
No puedes. Lo sé, nadie lo sabe. Creo que conoció a alguien. Conoció a alguien mientras estaba fuera. ¿Me estoy volviendo loca? Mi vida está patas arriba y me siento muy sola.

PAUL
No tiene ningún sentido, Liza. No lo entiendo.
(SONIDO)
Ojalá pudiera estar ahí contigo.

ELIZA
Me siento pegajosa. Como si todo el mundo se estuviera pegando a mí y no puedo seguir adelante o moverme o decir algo para mejorar la situación, para nadie. Sé que la gente se preocupa pero -(se para en un lado de la carretera) Me duele mucho y no hay nadie ahí para hacerlo más soportable.
(SONIDO)
No estoy acostumbrada a lidiar con esto. Especialmente viniendo de él. Sin él. No puedo hacerlo esta noche.

ELIZA (CONT'D)
Te echo de menos. Adiós, estate a salvo.

PAUL
Vamos, Liza. ¿No crees que por lo menos deberíamos...

ELIZA
Esta noche no. No se lo digas a mi madre y a mi padre. Se preocuparán.

PAUL
Liza

ELIZA
No me voy a quitar la vida, Paul. Estoy demasiado ocupada para eso.
(resoplando)
Te quiero. Adiós.

PAUL
Te quiero. Adiós.

ELIZA
se baja del coche y va andando hasta su casa. Suspira mientras ve las bolsas de la compra en la puerta de entrada. Se están mojando por

la lluvia. Ve a SAM yéndose en su furgoneta y
le regala una sonrisa burlona y un saludo con
la mano. Mete las bolsas en casa y cierra la
puerta con cuidado.

Isolation ≠ Alone
Milly Barton

Her freckles are speckles of sunshine, sweeter than sprinkles. They don't show up so well onscreen at two in the morning (three for her), but I know those freckles are there, even when it's dark and she's pixelated.

You froze.

                                      You can't hear me?

It's your signal.

                                      I hear you perfectly.

It can't be mine.

                                      Is it bad?

Hello?

                                      I'm calling you back.

Wait, it's working again.

We used to hang up when it got late but falling asleep on the phone is part of the routine now. It's heavy stuff, admitting that I'd rather drift off talking to her, even when my ears ache from the headphones. Pillow talk spanning a thousand miles. In those half-asleep whispers, we're as close as we can be.

   'You were up late,' Dan smirks in the morning, 'I saw the light under your door.'
   'I was watching telly.'
   'You were talking.'
   He might be annoying, but he's not an idiot.
   'Coffee?' I stick the kettle on, shuffling around the kitchen

in pyjamas. I haven't dressed properly in weeks, and that's not likely to change, even with Dan staying at mine for the foreseeable future.

'Got decaf?' he asks with a mouthful of toast. Crumbs fly across the table and he sweeps them away with the back of his hand, straight onto the freshly hoovered floor. I pretend not to notice, still half-asleep and too groggy for an argument.

'Probably not.' I root around in the cupboard, amongst the dozen boxes of herbal tea that never get finished. 'You don't normally drink it?'

'I know, but I read something. This is the best time to have a caffeine detox.'

Oh, here we go.

'People are way too dependent on it,' he continues, still chewing, 'so we should cut back on caffeine now that we're not going to work. Then, once things are back to normal, people will be able to get through the day without it.'

On the bright side, he's stopped asking about my late-night phone calls.

It's kind of nice, having some company?

I guess so. He's a bit of a dick, but it's better with him around.

That's what brothers are like. How long is he staying?

No clue. His housemate is a nurse, so it's safer for him here.

Well, I think it's sweet that you're isolating together.

I can think of someone I'd rather be isolating with.

Being put on furlough was golden at first. Getting paid to sit at home, incredible. But the glow has long since worn away. Now, the walls of the flat are closing in, slowly squeezing the air out, and no amount of home workout videos can hold them back. Dan is the worst person to be trapped indoors with because he can't sit still for longer than twenty minutes, always messing around with stuff. He wants to paint my living room, just to keep busy.

'If you screw it up, I won't get my deposit back,' I protest, aware that I'm fighting a losing battle.

'I'll be doing your landlord a favour. Look at the state of those walls!'

'They're fine!'

Magnolia walls are far from cosy, but it's a waste to decorate when I'd rather save money for flights.

'You need something colourful.' Dan stands with arms outstretched, selling me his vision.

'And you need to get out more.'

'Good one.'

I know he's desperate to get outside. We used to go hiking as a family when Dad was less overweight, and Mum's knees weren't playing up. Then, Dan got really into it, buying the custom boots, and heading out on Sundays when everyone normal was nursing a hangover. If anyone is going stir crazy, it's him.

Have you told your brother about me?
                    I don't really know where to begin.
It's okay, I don't mind.
                    I'd like to! I just don't know how.
Does he know you date women?
                    We don't talk about stuff like that.
Would he have a problem with it?
                    Not sure. I hope not.
I hope not, too!
                    It would be easier if he could meet you.
You think so?
                    If he could see how great you are, he'd get it.

I find a relic from the pre-lockdown days, a ping-pong ball retrieved from behind the sideboard. A remnant from beer-pong, or some other party game that doesn't exist anymore. This keeps Dan and I entertained for a while, bouncing it back and forth across the kitchen until one of us misses. I'm adamant to wipe that smug smile off his face.

'You can catch!' he gasps with mock amazement.

'Watch me kick your arse.'

If only. Even with his stupid hair hanging in his eyes, well overdue a haircut, Dan wins. I have to take the rubbish out as a forfeit. Lugging two bin bags onto the street, the breeze outside is a welcome change from the stuffy flat. The nights are getting longer, but not warmer yet, and the chilly air pricks my cheeks, delicious.

I couldn't stop thinking about you today.

           Every single day.

I need to see you.

         As soon as we can, okay?

Can your government hurry up and let me back in?

     I'll write a letter to Boris, special circumstances.

That'd definitely work.

           It's a matter of urgency.

What's the emergency?

              I miss you.

Dan has a habit of eating food straight from the fridge. A slice of ham here, a pickle there, he rarely goes an hour without rummaging. On a good day, I couldn't care less.

'Can you stop that?' I snap at him.

Today is not a good day.

Between these four walls, amongst the chipped IKEA furniture, I feel as though this lockdown will last forever. Everything that Dan does seems to wind me up further, and today, it's the endless rummaging.

'I'm hungry,' Dan grumbles. He pulls a packet from the fridge and dangles it in front of my face, 'Sausage roll?'

I duck underneath his arm to slam the fridge door shut.

'More for me.' He shrugs, taking a huge bite. Flakes of pastry drop from his mouth onto the floor. They fall in slow motion, landing on the clean tiles.

'You better clean that up.' I point to the mess. To my disbelief, he just brushes the crumbs under the fridge with his sock.

'Sorted.'

I turn as dramatically as I can and storm from the room, dressing gown trailing behind me. It's only a few crumbs, but this flat is becoming a pressure cooker, and I'm not sure how much longer I can stand sharing my space. Too many irritating habits. Too much left unsaid.

I'm sorry I can't be there.
        I'm okay, I promise. Just getting frustrated here.
You're not used to living with him.
        Not since we were teenagers.
And he's probably struggling too.
        He doesn't get stressed out like I do.
Why don't you ask him?
        Maybe.
Or find common ground?
        We don't have much in common.
I think you'd be surprised.

I sit cross-legged on the bedroom floor, waiting for my nail varnish to dry. It's a deep purple, too wintery for April, but I haven't used it in months, and it's such a dreamy colour. Gently blowing on my nails, I admire the way that they shine in the light. The last time I wore this shade, I was at a New

Year's Eve party. Face flushed from the drinks, moving across the dance floor, everything deep purple. A club packed with people, laughing and dancing, human contact.

'Emma?' Dan yells across the flat, bringing me back into the present. 'Letter for you.' He appears in the doorway, holding a brown envelope.

'I can't open it now.' I wave my hand to show him the wet varnish.

'Okay.' He chucks it towards me. Then, offhand, 'I think it's from Spain.'

It lands on the floor, and instantly, my heart is in my throat. An inconspicuous envelope, but it's the airmail stamp that stirs me up inside. It can only be from one person. I wait an impossibly long second for Dan to walk away, and then I snatch it up, forgetting about the wet nails completely.

Something rattles around inside the envelope. I'm quick to tear along the edge, tip the contents into my palm. A chain slides out: a delicate bracelet with an S-shaped charm. It's accompanied by a letter, torn from a notebook.

eMMA,
I AM SO GLAD LIFe MADe US RUN INTO eACH OTHeR. HeRe'S SOMeTHING TO KeeP Me CLOSe. THe PRIZe IS WORTH THe WAIT,
SOFÍA

Her handwriting is confident, all capitals, apart from *e*. It's always little *e*.

I read and re-read it, retracing each word like it's the first thing that anyone has written for me. Ten smudged fingernails and tears in my eyes, I'm overwhelmed by the importance of something so small.

It arrived today?
                                    I was so surprised!
I wanted you to have something.
                           It's beautiful. Thank you, really.
I love that there's a part of me with you.
                                              I love it too.
Hopefully, soon, it won't just be a part.

I don't have the words to explain how happy that would make me.

In the evening, I creep in whilst Dan is watching the news. Images flash onscreen like the trailer of a bad disaster movie; the high-street, empty and boarded up, followed by a shot of an ambulance outside a care home.

'Can I talk to you?' I perch next to him on the corner of the sofa.

'It's a mess out there,' he says, eyes glued to the telly. There's a sombreness to his voice that I'm not used to hearing, and it catches me off balance. I take a deep breath to steady myself.

'Dan?'

'Right, one sec.' Dan hits the mute button. My mind is racing, running through what I've planned to say.

'You know the post I got today?'

'The letter?'

I didn't think that I'd be nervous, but my palms are clamming up, and I wipe them on my leggings as subtly as possible.

'It was a gift from someone—'

'From one of your many secret admirers,' he cuts me off, teasing.

'Well, no.' My tone is franker than intended, and I make an effort to soften it, forcing the words out, 'I'm trying to say that I'm seeing someone. Her name is Sofía.'

I pause, let the words hang in the air for a moment. His face gives nothing away, so I carry on.

'We met when I was working in London. She's from Spain and had to go back when COVID kicked off. I don't know what's going to happen, but we've been talking every day.'

As a rule, Dan and I don't talk relationships with each other, and I'm wary of being emotional about it. The last thing I want is to give him more reason to wind me up. To my surprise, he's smiling.

'What's she like?' he asks, as calmly as if I'd told him what we're having for dinner.

'She's kind of like me.' I answer, in disbelief at the simplicity of the conversation.

'The same as you?'

'Well, we're different, but the same. I don't know how to explain it. She's unlike anyone I've ever met.'

Dan laughs at this, which puts me more at ease.

'I can see how much you like her, from your face,' he says, scrunching up his eyes to imitate my nervous expression. 'You're laughing all the time. She must be funny.'

'She's really funny.'

'Not like you, then,' he jokes, unable to pass up the opportunity to be annoying. His attention is already drifting back to the telly, where an enthusiastic weatherman is gesturing at the map.

'So, you really don't care?' I push for closure on the conversation.

This brings his focus back to me, and there's something vulnerable in his face, like he's offended that I braced myself for the worst. He pushes his scruffy hair out of his eyes to look at me properly.

'I don't care that she's a girl if that's what you mean. You seem happy, and it can't be easy. If there's anything I can do…' he trails off, letting the offer speak for itself. It's a far cry from the endless taunting and sarcasm that I've come to expect.

'Could you help me put this on?' I pull the bracelet from my pocket, shining and beautiful.

Dan nods, taking it from me with such care. His fingers fumble with the clasp until it's safely in place on my left wrist.

Aislamiento Aislada
Milly Barton
translated by Beatriz López Quiroga
and Almudena de Agustín Porras

Sus pecas son un rastro de luz en su dulce rostro. La pantalla no les hace justicia y menos a las dos de la mañana (las tres para ella), pero sé que están ahí, incluso cuando está a oscuras y pixelada.

Te has quedado pillada.

¿Me oyes?

Es tu wifi.

Yo te oigo perfectamente.

Pues el mío no es.

¿Y ahora?

¿Hola?

Mira, te vuelvo a llamar.

Espera, ya va bien.

Ahora el hablar por videollamada hasta quedarnos dormidas es parte de la rutina. Es bastante fuerte admitir que aun cuando me duelen los oídos de llevar los cascos prefiero quedarme dormida hablando con ella. Conversaciones nocturnas que abarcan miles de kilómetros. En esos momentos, medio adormiladas, estamos más cerca que nunca.

—Te acostaste tarde. —Dan me dirige una sonrisita por la mañana—. Vi luz por debajo de tu puerta.

—Estaba viendo la tele.

—Te estabas riendo con alguien.

Puede que Dan sea un petardo, pero no es idiota.

—¿Café? —Pongo la cafetera en marcha, arrastrando los pies por la cocina en pijama. Llevo semanas sin vestirme en condiciones, lo cual no parece que vaya a cambiar, ni siquiera con Dan quedándose en casa.

—¿Tienes descafeinado? —pregunta con la tostada en la boca. Un despliegue de migas aterriza por toda la mesa y él las arrastra con el dorso de la mano hacia el suelo recién aspirado. Lo dejo pasar, todavía medio dormida, y demasiado aturdida para discutir.

—Creo que no. —Rebusco en el armario entre las decenas de cajas de tés aromáticos que parecen no acabarse nunca—. Normalmente no tomas de ese, ¿no?

—No, es que he leído que ahora es el mejor momento para desintoxicarse de la cafeína.

Uf, ya estamos.

—La gente depende demasiado de ella —continúa, masticando—, así que deberíamos dejar de tomar cafeína ahora que no estamos yendo a trabajar y cuando las cosas vuelvan a la normalidad, la gente sabrá sobrevivir sin ella.

Lo bueno es que por lo menos ha dejado de preguntar por mis conversaciones a altas horas de la noche.

Está bien, ¿no? Tener compañía.

Supongo. Es un poco imbécil, pero sí, está bien tenerle por aquí.
Cosas de hermanos. ¿Hasta cuándo se va a quedar?
Ni idea. Su compañero de piso es enfermero, así que está más seguro aquí.
Bueno, es cuqui que os aisléis juntos.
Se me ocurre alguien con quien preferiría estar confinada.

Al principio, la idea de cobrar por quedarme en casa en lugar de ir al trabajo era una pasada. Pero hace tiempo que dejé de verle la gracia. Ahora parece que el piso se encoge poco a poco y haciendo más difícil respirar y no hay suficientes videos de entrenamiento que lo detengan. Además, Dan es la peor persona con la que aislarse, no puede estarse quieto más de veinte minutos, siempre está trasteando. Ahora, para matar el tiempo, le ha dado con que quiere pintarme el salón.

—Como la cagues no me devolverán la fianza —protesto, a sabiendas de que es una batalla perdida.

—Le hago un favor a tu casero. ¡Mira cómo están estas paredes!

—¡Están bien!

Las paredes color crema no son lo que se dice acogedoras, pero prefiero ahorrar para viajar que malgastar el dinero en redecorar.

—Necesitas algo más colorido. —Dan, plantado con los brazos abiertos, intenta venderme la idea.

—Y tú necesitas salir más.

—Touché.

Sé que está desesperado por salir. Solíamos ir a hacer senderismo en familia cuando papá estaba más delgado y las rodillas de mamá no se resentían tanto. Fue entonces cuando Dan se aficionó a ello y le dio por comprarse unas botas de montaña y salir los domingos cuando el resto de la gente normal estaba con resaca. Si alguien se está volviendo loco, es él.

¿Le has hablado a tu hermano sobre mí?
No sabría por dónde empezar.
Está bien, no pasa nada.
¡Me gustaría hacerlo! Es solo que no sé cómo.
¿Sabe que te gustan las chicas?
No solemos hablar de eso.
¿Crees que tendría algo en contra?
No sé. Espero que no.
Yo también lo espero.
Sería más fácil si pudierais conoceros.
¿Tú crees?
Si él viera lo genial que eres, lo entendería.

He encontrado detrás del aparador una reliquia de los tiempos preconfinamiento: una pelota de ping-pong. Seguramente un vestigio de un beer-pong o algún otro juego de fiesta de los que ya no existen. Nos mantiene entretenidos durante un rato, haciéndola botar de un lado a otro de la cocina hasta que alguno falle. Estoy decidida a borrarle esa sonrisa creída de la cara.

—¡Pero si no eres tan torpe! —jadea fingiendo asombro.

—¡Mira cómo te doy una paliza!

Qué más quisiera. Dan necesita un corte de pelo, pero incluso con el flequillo en toda cara, me gana. El castigo por perder es sacar la basura. Llevo las dos bolsas a la calle y la brisa del exterior, en comparación con el aire sofocante del piso, es de agradecer. Las noches se van haciendo más largas, pero no más cálidas, y el aire frío azotando mis mejillas resulta agradable.

Hoy no podía parar de pensar en ti.

Como yo cada día.

Necesito verte.

Tan pronto como podamos, ¿vale?

¿Puedes escribir a tu gobierno para que se den prisa y me dejen volver ya?

Ahora mismo le escribo una carta a Boris, circunstancias excepcionales.

Eso seguro que funciona.

Es un asunto urgente

¿Cuál es la emergencia?

Que te echo de menos.

Dan tiene la mala costumbre de comer directamente de la nevera. Que si una loncha de jamón por aquí, que si un pepinillo por allá... Lo raro es que esté más de una hora sin ir a rebuscar. Si no tuviera un mal día, me daría lo mismo.

—¿Puedes parar ya? —le suelto.

Pero hoy tengo un mal día.

Dentro de estas cuatro paredes, entre muebles desgastados de IKEA, me parece que la cuarentena fuera a ser eterna. Todo lo que hace Dan me molesta, y hoy son las infinitas incursiones a la nevera.

—Tengo hambre —Dan se encoge de hombros, agitando un paquete en frente de mi cara—, ¿un rollito de salchicha?

Me aparto, cerrando la puerta de la nevera de golpe.

—Más para mí. —Sonríe dando un gran bocado. Veo cómo migas de hojaldre caen sobre las baldosas limpias a cámara lenta.

—Más te vale limpiar eso. —Señalo el desastre.

Para mi asombro, se limita a empujar las migas debajo de la nevera con el pie.

—Apañado.

—¡No, de apañado, nada! —exclamo saliendo de la habitación arrastrando la bata a mis espaldas.

Es absurdo que me irrite tanto por unas migas, pero el ambiente del apartamento es como una olla a presión. No sé cuánto más podré soportar compartir mi espacio con alguien tan irritante.

Siento no poder estar ahí.
　　　　Estoy bien, de verdad. Es solo que estoy frustrada.
No estás acostumbrada a vivir con él.
　　　　　　No desde que él se fue a la universidad.
Y puede que tampoco sea fácil para él.
　　　　　　　　　　Él no se estresa tanto.
¿Y si le preguntas?
　　　　　　　　　　　　　　　Puede.
¿O tratáis de encontrar algo en común?
　　　　　　　　　　No es que tengamos mucho en común.
Creo que te sorprenderías.

Estoy en mi habitación sentada en el suelo con las piernas cruzadas, mientras se me seca el pintauñas. Es de un púrpura intenso, probablemente demasiado oscuro para ser primavera, pero es mi favorito. Admiro cómo brilla el esmalte a la luz en mis uñas mientras soplo suavemente sobre ellas. La última vez que lo llevé fue en Nochevieja. Me movía por la pista de baile ruborizada por el alcohol y sentía todo de color púrpura intenso. Un club hasta arriba de gente riendo y bailando, el contacto humano.

　　—¿Emma? —vocifera Dan desde el otro lado del apartamento trayéndome de vuelta al presente—. Ha llegado una carta para ti. —Aparece en el umbral de la puerta con un sobre marrón en la mano.

—Ahora no puedo abrirlo. —Agito mi mano mostrándole el esmalte aún sin secar.
—Vale.
Lanza el sobre en mi dirección. De pronto suelta:
—Creo que viene de España.

Tan pronto aterriza en el suelo siento el corazón en la garganta. No es el sobre discreto lo que me remueve por dentro, sino el sello que lleva. Solo puede ser de una persona. Espero un segundo increíblemente largo a que Dan se aleje y lo atrapo, ignorando por completo el esmalte húmedo.

Algo se agita dentro del sobre. Me apresuro a abrirlo y vuelco su contenido sobre la palma de mi mano: una delicada pulsera con un colgante en forma de S. Viene acompañada de una hoja arrancada de un cuaderno.

eMMA:
Me ALeGRA TANTO QUe LA VIDA HAYA HeCHO QUe NOS eNCONTReMOS.
AQUÍ Te MANDO ALGO PARA QUe Me SIeNTAS UN POCO MÁS CeRCA.
LA eSPeRA VALDRÁ LA PeNA.
SOFÍA

Su letra demuestra seguridad, toda en mayúsculas, salvo la e. La e siempre en minúscula.

Lo leo y lo releo, repasando cada palabra como si fuera lo primero que alguien ha escrito para mí. Me abruma la grandeza de algo tan pequeño, y me enjuago los ojos con los dedos manchados de esmalte corrido.

¿Ya ha llegado?

¡Menuda sorpresa!

Quería regalarte algo.

Es preciosa. Gracias, de verdad.

Me encanta que tengas un pedacito de mí allí contigo.
Y a mí también.

Con suerte, dentro de poco no será solo una parte.

No tengo palabras para expresar lo feliz que eso me haría.

Por la noche, me acerco sigilosamente mientras Dan está viendo las noticias. Las imágenes aparecen en la pantalla como el tráiler de una mala película de catástrofes: la calle principal, vacía y tapiada, seguida de la imagen de una ambulancia en el exterior de una residencia.

—¿Podemos hablar? —Me acomodo junto a él en un lado del sofá.

—La que se está liando —dice con los ojos fijos en la pantalla.

Su voz es tan sombría que me pilla desprevenida. Respiro profundamente para centrarme.

—¿Dan?

—Sí, espera —. Pulsa el botón para silenciar la tele. Mi mente va a toda velocidad, repasando todo lo que tengo planeado decir.

—Es sobre lo que he recibido hoy.

—¿La carta?

No pensaba que me fuera a poner tan nerviosa, pero me empiezan a sudar las palmas de las manos y me las limpio en las mallas con la mayor sutileza posible.

—Era un regalo de alguien...

—De uno de tus numerosos admiradores secretos. —me corta, chinchándome.

—Bueno, no.

Mi tono suena más serio de lo que pretendía, así que trato de suavizarlo forzándome a pronunciar las palabras:

—Lo que intento decir es que estoy saliendo con alguien. Se llama Sofía.

Me detengo, dejando las palabras flotando en el aire un momento. Su expresión se muestra impasible, así que continúo.

—Nos conocimos en el trabajo. Vive aquí, en Londres, pero es de España, así que tuvo que irse cuando empezó todo lo del COVID.

Por norma general, Dan y yo no hablamos de nuestras relaciones y yo soy partidaria de mantener las emociones al margen. Lo último que quiero es darle más razones para tocarme las narices. Pero para mi sorpresa, está sonriendo.

—¿Cómo es ella? —pregunta tan tranquilo, como si le hubiera dicho qué hay para cenar.

—Es un poco como yo —contesto sin creer lo natural que está siendo la conversación.

—¿Como tú?

—Bueno, somos distintas, pero a la vez iguales. No sé cómo explicarlo. No es como nadie que haya conocido antes.

Dan se ríe, lo que me tranquiliza todavía más.

—Se te ve en la cara lo mucho que te gusta —dice, imitando mi expresión con su cara— Estás siempre riéndote, debe de ser divertida.

—Súper divertida.

—Entonces no es como tú. —bromea, incapaz de dejar pasar la oportunidad para meterse conmigo.

—Entonces, ¿no te importa? —paso por alto la broma, tratando de concluir la conversación. Su rostro refleja tristeza, como si le ofendiera que ya me hubiese preparado para lo peor. Se aparta el pelo desaliñado de delante de los ojos para mirarme mejor.

—Me da igual que sea una chica, si es a lo que te refieres. Pareces feliz y no debe ser fácil. Si hay algo que yo pueda hacer… — lo deja caer, dejando que la oferta hable por sí sola. Está a años luz de la continua burla a la que estoy acostumbrada.

—¿Me ayudas a ponerme esto? — saco la pulsera de mi bolsillo, tímida y preciosa. Dan asiente, tomándola con sumo cuidado. Sus dedos tantean el cierre con torpeza hasta que está bien ajustada en mi muñeca izquierda.

Things Past Redress
Siobhan Horner

David was in front of the television when the special announcement came. He was gripping a half-submerged fig-roll in a mug of tea as the Prime Minister ushered the nation into lockdown. When he finally lifted the biscuit, only one half remained: frayed and soggy at its edge.

He glanced over to the second cup of tea, sitting untouched on the coffee table. Only a month before, the news of twelve weeks in isolation (only for the over seventies, mind) would have been a comfort: no cloying neighbours bringing round lasagne in their spare Pyrex, no silent waiting rooms at the doctors. Simply unbroken time in the garden, holding Céline's hand.

Not now.

Céline had passed away twenty-three nights ago on a freezing, February night. David couldn't imagine how any day could work now without a visit to her resting place at the green burial site. His time still revolved around her, as it always did.

Lifting the mug of tea to his lips David recalled his first sight of Céline, when they were both just seventeen: her faded, yellow dress; hair short and curled about her pixie ears; freckles scattered across the bridge of her nose like daisies in a field. He leaned back and closed his eyes to summon her smell of roses and faint antiseptic, but the over-zealous use of Cif Lemon in the house obliterated her. Leon, their only son, had been quick to see to that.

A warm sensation spread across his thigh—spilt tea—and seeped into David's pyjamas, staining dark like blood. Just then, the hallway phone started up, its sound startling like sudden machine-gun fire. David licked the sweat blooming on his lip. He cocked his ear toward the open door like a thief listening for movement.

'Dad?' Leon's tidy voice on the ansaphone. 'You can come stay with me. I'll pick you up after work. Just don't go out, for God's sake.'

David thought about Leon's tiny basement flat with a view of car wheels on the street, the rows of books in alphabetical order on the shelves and his efficient way with a sponge on the kitchen surfaces. He shuddered.

'Céline, Céline…' he said to the empty room, heaving himself off the sofa, moving awkwardly to avoid the cold touch of his tea-stained trouser leg. She couldn't possibly be left on her own out there, he reasoned, not for a whole twelve weeks. He had to be with her. Leon would never understand, but he simply had no choice.

There were no buses out that way, not that time of night, so David dialled a taxi. Then he tackled the stairs in order to fix himself into a smart suit: Céline liked him to make an effort. His twisted fingers stumbled to tie a Bertie knot, but he didn't mind as it delivered a memory of their wedding day and Céline's hands on her posy of daffodils. Yes, he would take her a bunch of late bloomers.

When he was looking dandy, he drew a knife from the kitchen and shuffled outside toward the pear tree he and Céline had planted together. Something, wings or paws, fluttered under the shrubs, like cards being shuffled. His arm hairs lifted, the prickling, spreading sensation like a miniature army traipsing across his mottled skin.

Just then, a sudden light broke the dark—next door's burglar deterrent—lighting up the fence like a hunter's torch. Startled, David reached out to steady himself on the Italian rose arch. A thorn sank into his palm.

'Feh!' he cried out, dropping the knife.

As he scrabbled in the dirt to find it, the light flicked off and some alchemy took the awkward twist of his elbow, the scrape of his finger on metal and his rapid heart-thumping and transported him back to that execrable afternoon late in the war: the same day he had met Céline. He could see again her hurried fingers on the trapdoor, hear the drawing over of the rug above his head and the expansive Bach's Cello Suite in C Major belting down from the house into his hiding place in the cellar. Almost, but not completely, obliterating every sound.

David fell back in a sweat, his bony pelvis hitting the rounded stones of the water feature next to the roses. He pressed his hands over his eyes but the cold advance of pond water through his suit returned the past with force.

Before him was that cellar, pitch black save a rectangle of dusty light from an airbrick at street level. That obscure view of the town square. His cheeks scraping crumbling mortar, desperate for a better view. David couldn't block out the memory of watching his parents being dragged across the street, their shoes leaving lines on the hardened sand; the efficient German soldier - his shoulder sloping deeply off to the left - walking towards them with a rifle; the neat, rapid pops of gunfire; the soldier's quick wipe of his forehead with a handkerchief afterwards; the slam of the silence that followed and the hot release of urine down David's leg.

David checked his neighbour's windows; still dark. It would be at least an hour till Leon called them to check on him, and longer still for Leon to work out where he had gone. Time enough but none to waste. He pulled himself up using a low branch from the photinia and made for the shiver of daffodils. Back inside, he lowered the stems gently into a Coop carrier bag that had lost its handle. He was in the hallway, puffing on a Camel when the taxi arrived. Taking a deep drag, he leaned into a framed photograph hanging by the door.

'Sorry my darlings, I really am,' he said, pressing a cloudy kiss onto the photo of Leon and the grandchildren.
David left with only the Coop bag. It covered over the stain on his left side.
The driver —Italian—settled his curious eyes on David as they wound out of town past the mortuary.

'Everybody on last mission, heh? My wife, she want the toilet paper, the pasta and the tomato. Can't cook without the tomato.'

David opened his mouth to say something, but the car swerved as a murder of crows flashed across the windscreen. They fell into silence, continuing past wanting hedgerows on into the countryside.

It was the sound of the wheels twisting on hardened earth that jolted David awake. He peeled his sweaty forehead off the leather seatback, both hands slightly raised in the air as he sat up. The driver's face was a doughy question-mark. Lowering his arms, David brushed off the offer of assistance, hauled himself out of the taxi and immediately buckled under the stiff, east wind. The Coop bag fell, two daffodils whipping off along the ground into the blackness beyond.

'Your change!' the driver yelled. But David was already tripping along, following the scattered stems, enjoying the night air slicing into his fragile lungs. He turned, his suit jacket flapping in the wind.

'Go get your pasta. Make your wife happy.'

By the time the taxi's back lights were red dots in the distance, David was groping in the pitch dark for the metal gate which opened onto the fields. Just then, a full moon appeared like a gift from behind the clouds and lit up the sign: The Kenton Green Burial Site.

Céline was a good trudge away, over clay, by a young cherry tree. Navigating through islands of young alder and sycamore trees, David followed waypoints he had only seen in daylight. By moonlight the lichen on the memorial bench glowed silver; the beech saplings looked like skeletons and the whole place seemed to tremble. He finally reached the fresh mound of earth, the remaining daffodils hanging head-down in his hand. He bent, concentrating completely on arranging the stems in a heart shape on the settling soil.

He didn't notice the rainfall, landing thick like bullets on his suit. He didn't notice the cold east wind drop away, nor the heavy, velvet cloud roll aside like someone drawing back a curtain.

When David looked up, it appeared to be daytime: the sun was shining, and the clouds and rain were gone. He rubbed at his eyes, looked again. The sun was still out and, odder still, the burial field was gone. He blinked hard but the view before him only grew clearer. David's knees crumpled. Instead of Essex fields by night, now, quite impossibly, spread before him was the humming expanse of Limoux's town square, still sighing off the heat of that fateful afternoon. The same little French town on the same afternoon he had met Céline.

David stared, slack-jawed, at the fountain in the centre of the square, its spumes of water in dazzling arcs of white light. He felt tears ball on his lower eyelid. But even mashing his fingers into his sockets could not shake off the shock of the vision of Céline. She appeared before him, like a mirage, dipping a hand into the cool fountain and splashing water on the back of her neck before retying her pinafore and returning to the café. Then he was there too, waiting on the café's edge for his parents to return with tickets to take him over the border to freedom. There she was again, pouring water from a jug and placing the glass on a table near him, pointing at it with a shy smile.

It was impossible. That afternoon in France all those years ago flickered like an old movie in front of his eyes. The tiny details surfaced from some far place to collide with his memory of that day. The water in that glass, trembling as the metal table shook to the tune of German trucks rolling into town. Metal-grilles slamming fast over shopfronts. Tables toppling. Screaming. Glasses breaking. David's coat falling to the ground. The look on Céline's face when she saw the faded Star of David on its lapel. Céline yanking his arm, pulling him inside, down a narrow corridor into that cool, stone house. Pushing him down a dusty ladder into that cellar. Her finger at her lips the last thing he saw before the trapdoor closed above his head.

David slumped his exhausted body on the damp Essex earth beside his dear Céline. He closed his eyes and gave in to whatever it was that his tired brain was doing.

Throughout the awful Limoux winter that had followed, Céline would put Bach on the gramophone to signal that Otto, a German soldier who then occupied the house, had gone out. In his five, long months in hiding, David learned Bach's every quaver, every note's rise and fall as he waited for Otto to go out, for Céline to shift the rug and hand down a hunk of bread, an apple or some news. 'Otto has nose like bloodhound for Jews', she said on one early visit.

Sometimes David heard fists hammering on doors, women's nervous voices in the house and Otto's boots thudding on the floor. Occasionally, in the middle of the night he heard a hurried, rhythmic thump-thump in a bedroom far away. It wasn't love; he knew that much. He had to remind himself that somewhere else, magic and love and light still existed.

When the cellar door was lifted abruptly, one midnight late into the war, David held his twig-arms above his head expecting Otto. But it was Céline. Her eyes were raw with tears, her face ashen with fear and she had what looked like nail marks on her neck. She was shaking, her hands barely able to grip the small suitcase and bundle of francs she showed him. David had known what to do. There was no question about it. He slipped his hand into hers without hesitation as she drew him away with her out of the cellar and into the street. That was the last he ever saw of Otto, but he would never forget the slope of his shoulder.

It felt like his whole life he had followed Céline, never quite knowing the full story, but not minding either.

David shifted his head on his crooked arm and recalled Céline's white, cotton frock, the scent of rain on concrete, their simple ceremony in the English registry office and their new baby, Leon, born just a few months after.

He had never asked Céline what had happened that night in Limoux. They didn't talk about the past. And, after Leon arrived, it didn't seem to matter anymore.

Leaning his face closer into the earth, David imagined Céline's cheek: giving, like grass. He traced a finger into the grooves that spelled out Céline's name. Then he lay down, reached out his arms, this time a different surrender. He locked them together around the cool stone nameplate that had been sunk into the ground only weeks before. He drifted off, listening to Bach's Cello Suite rise up from the fields beyond. The heavy rain washing over him became Céline running her fingers through his hair and its repetitive motion made his heart slow and his breathing still. His suit darkened with heavy spots of rain. He let the sounds of the reeds and the chitter of a marsh harrier carry him away. David thought he heard Céline whisper,

'Shhh…everything will be all right.'

It was gone midnight when the lights of the car swung in. Through blurry lids, David realised it was night again. He was back in Essex, the dream broken. He lay still, unable and unwilling to move. The rain slapped his face. His suit stuck to his bones. He was bitterly cold.

He allowed his eyes to follow a white light wavering left and right across the field. It brought a dark, taut figure behind it. There was something mesmerising about the familiar yet frightening shape, sloping deeply off to one side as it marched towards him with efficient step. He had seen that sloping shoulder somewhere before.

'No!' he thought he shouted. He would not let Otto hurt

Céline again. But his words came out as a weak whisper.

The sloping shoulder moved in above him.

'It's all right now. You're safe.'

David slammed his eyes shut.

'Céline?' he mumbled, grasping for the earth. He could smell antiseptic but not roses. Images flashed before him —clear like water—the marks on Céline's neck, the thump-thump of the bedroom far above that cellar and the sound of Otto's boots all those years ago. Otto had hurt Céline that night, he knew that. But he had not known until that moment just how much Otto had hurt him too. It was Otto who had made Céline leave her family. It was Otto who had given her, and him, Leon.

'Come on. Let's get you home, Dad,' said the voice.

In the mechanism of duty and the drum of the rain, Leon lifted David up and into the car. David wrapped his arms around Leon's neck and, despite himself, he felt safe.

Las cosas que pasamos por alto
Siobhan Horner
translated by Ángela Muro Arpón
and Claudia Medrano González

David estaba sentado frente al televisor cuando se emitió la noticia. Sujetaba un rollito de higo a medio sumergir en el té mientras el primer ministro anunciaba el confinamiento del país. Cuando por fin levantó la galleta, ya solo quedaba la mitad, deshecha y blanda por el borde.

Miró la segunda taza de té, aún intacta sobre la mesa. Apenas un mes antes, doce semanas de aislamiento —solo para los mayores de setenta, por supuesto— hubieran sido un alivio, sin vecinos empalagosos que trajeran sobras de lasaña ni salas de espera silenciosas en el hospital. Habría disfrutado, sin interrupciones, del tiempo en el jardín junto a ella.

—Ya no—.

Habían transcurrido veintitrés días desde la noche gélida de febrero en que Céline falleció. Desde entonces David no podía imaginar un solo día sin ir a visitarla al cementerio natural. La vida, como siempre, seguía girando en torno a ella.

Se acercó la taza a los labios y recordó la primera vez que la vio. Apenas tenían diecisiete años. Llevaba el vestido amarillo pálido, el pelo corto y rizado alrededor de las orejas de duendecillo y las pecas le salpicaban el puente de la nariz como un campo de margaritas. Se echó hacia atrás y cerró los ojos para evocar su olor, una mezcla entre rosas y un bálsamo suave, aunque el uso excesivo de Cif Lemon en la casa arrasó con ese recuerdo. Leon, su único hijo, se había ocupado de ello.

Una sensación de calor se le extendió por el muslo. Había derramado el té, que empapó el pijama formando una mancha oscura de color sangre. El teléfono del pasillo empezó a sonar, y el ruido le sorprendió como el fuego repentino de las ametralladoras en la guerra. Se lamió el sudor que le brotaba del labio y se acercó a la puerta, aguzando el oído, como un ladrón atento a cualquier movimiento.

—¿Papá? —Era la voz autoritaria de Leon en el contestador—. Ven y quédate en casa con nosotros. Me pasaré a recogerte después del trabajo; y, ¡por el amor de Dios!, ¡no salgas!

David pensó en el minúsculo semisótano de su hijo con vistas a las ruedas de los coches aparcados en la calle, en los libros colocados por orden alfabético en las estanterías y en la forma concienzuda en que limpiaba las encimeras de la cocina. Se estremeció.

—Céline, Céline... —la llamó en la habitación vacía, levantándose con esfuerzo del sofá. Se movió con torpeza, tratando de esquivar el roce frío de la mancha de té en el pantalón. «No podía dejarla sola», razonó, «no durante doce semanas». Tenía que estar con ella. Leon no lo entendería; pero, para él, era lo único que importaba.

A esas horas de la noche ya no circulaba la línea de autobuses del cementerio, así que pidió un taxi por teléfono. Después subió hasta la segunda planta y se puso un traje elegante: a Céline le gustaba que se arreglase un poco. Cuando intentó anudarse la corbata con un clásico nudo Bertie, le tropezaron los dedos, pero no le importó, le recordó al día en que se casó con Céline, a las manos de ella sujetando un ramo de narcisos. «Sí. Le llevaría un ramo de narcisos recién florecidos».

Cuando se vio lo bastante elegante, cogió un cuchillo de la cocina y se encaminó al jardín arrastrando los pies hasta el peral que había plantado con Céline. Algo, quizá unas alas o unas patas pequeñas, se agitó entre los arbustos, produciendo un sonido muy similar al que se hace al mezclar los naipes de una baraja. Se le erizó el vello del brazo y, un fuerte hormigueo, como un ejército en miniatura, le recorrió la piel pecosa.

De pronto, la luz del sensor de movimiento de la alarma de los vecinos irrumpió en la oscuridad, iluminando la valla como el foco de una torre de vigilancia. Sorprendido, puso las manos en alto y se agarró al arco de rosas italianas. Una espina se le clavó en la palma de la mano.

—¡Ay! —gritó, soltando el cuchillo.

Mientras escarbaba en el suelo para encontrarlo, la luz se apagó y, de algún modo, el giro torpe que hizo con el codo, el roce de los dedos con el metal del cuchillo y los latidos acelerados del corazón lo llevaron de vuelta a aquella execrable tarde a finales de la guerra: el mismo día en que conoció a Céline. Recordó sus dedos por la trampilla, el ruido que hizo al apartar la alfombra y la eterna suite para violonchelo en do mayor de Bach que llegaba desde la casa hasta su escondite del sótano silenciando, casi por completo, todo lo demás.

David cayó hacia atrás sudoroso. Se golpeó la pelvis huesuda contra las piedras redondeadas de la fuente que había junto al rosal y se frotó los ojos con ambas manos. El agua fría del estanque le traspasó el traje y regresó al pasado de golpe.

Volvió al sótano oscuro salvo por el rayo de luz rectangular que entraba por el hueco de un ladrillo que faltaba al nivel de la calle. Recordó la imagen sombría de la plaza, los arañazos en las mejillas cuando, desesperado por conseguir una vista mejor, las apretaba contra la pared desconchada. No podía apartar de la mente cómo.

arrastraron a sus padres por la calle, ni el surco que dejaron con los zapatos por el barro endurecido. Tampoco olvidó al soldado alemán, eficiente y con el hombro caído a la izquierda, que se acercó a ellos con un rifle. Recordó los estallidos rápidos de los disparos y cómo después aquel soldado se limpió, en un rápido movimiento, la frente con un pañuelo. Se hizo un silencio ensordecedor y la orina caliente se le resbaló por la pierna.

De vuelta al presente se fijó en las ventanas de sus vecinos. Todavía no había luz. Pasaría al menos una hora hasta que Leon llamase para comprobar cómo estaba y tardaría aún más en averiguar adónde había ido. Tenía tiempo suficiente, aunque no de sobra. Se levantó ayudándose de la rama baja de una fotinia y se encaminó de nuevo hacia los narcisos para hacer un ramillete.

Entró en casa y los colocó con cuidado en una bolsa de Coop biodegradable a la que le faltaba el asa. Cuando el taxi llegó, estaba en el pasillo fumando un Camel. Dio una calada profunda y se inclinó hacia la fotografía que había colgada en la pared al lado a la puerta.

—Lo siento, chicos, de verdad que lo siento —dijo dándole un beso a la foto de Leon y sus nietos con tristeza.

Salió de casa solo con la bolsa, que cubría la mancha del lado izquierdo del traje. El taxista, un hombre italiano, miró a David con curiosidad cuando pasaron la morgue para salir de la ciudad.

—Todos con recados de última hora, ¿eh? Mi mujer también, necesita papel higiénico, pasta y tomate. No sabe cocinar sin tomate.

David abrió la boca para responder, pero una bandada de cuervos apareció delante del parabrisas y el taxista dio un volantazo. Quedaron en silencio y se adentraron en una zona rural.

El chirrido de los neumáticos despertó a David. Sobresaltado, despegó la frente sudorosa del asiento de cuero y se incorporó con las manos ligeramente en alto. El taxista, que tenía la cara regordeta y amigable, parecía querer preguntarle si todo iba bien, pero David bajó los brazos y no respondió. Se arrastró fuera del taxi, donde el fuerte viento del este hizo que se encorvase. Se le cayó la bolsa y, con ella, dos narcisos que se perdieron en la oscuridad.

—¡Su cambio! —gritó el hombre, pero David ya avanzaba con rapidez en busca de los narcisos mientras disfrutaba de la fría brisa nocturna que se le colaba por los pulmones débiles. Se giró y la chaqueta del traje ondeó en el viento.

—¡Compre la pasta! Haga feliz a su mujer.

Cuando las luces traseras del coche solo eran dos puntos rojos en la distancia, David ya estaba buscando a tientas en la oscuridad la verja de metal que daba acceso al cementerio. Entonces la luna llena surgió como un regalo de detrás de las nubes iluminando el cartel que rezaba: «Cementerio Kenton Green».

La tumba de Céline, solo cubierta por tierra, quedaba lejos, al lado de un cerezo joven. David cruzó las hileras de alisos y sicómoros recién plantados y siguió el camino que, hasta entonces, solo había hecho de día. A la luz de la luna, el liquen que cubría los bancos conmemorativos tenía un brillo plateado y las hayas jóvenes parecían esqueletos, todo era estremecedor. Cuando por fin llegó al montículo de tierra fresca, se agachó concentrado en colocar los narcisos que le quedaban en forma de corazón sobre el suelo.

No se percató de la lluvia intensa calándole el traje como si fueran balas; tampoco se dio cuenta de que el viento frío del este cesaba, ni de que la nube grande y aterciopelada se alejaba como si alguien descorriese una cortina.

Cuando David levantó la vista parecía que era de día. El sol brillaba, y tanto las nubes como la lluvia se habían esfumado. Se frotó los ojos y volvió a mirar. El sol todavía estaba ahí, y lo más extraño de todo fue que el cementerio había desaparecido. Parpadeó con fuerza, pero solo consiguió que la imagen que tenía ante él se volviera aún más nítida. David cayó de rodillas. Aunque fuera imposible, ya no estaba en el campo nocturno de Essex, sino que lo que se extendía ante él era la bulliciosa plaza de Limoux. Sintió el calor de aquella fatídica tarde. Era la misma pequeña ciudad francesa en el mismo día que conoció a Céline.

David miró boquiabierto la fuente del centro de la plaza, los chorros de agua salían como espuma y formaban arcos deslumbrantes de luz blanca. Se le humedecieron los ojos, y, aunque se los frotó con fuerza, no pudo deshacerse de la conmoción que le provocó ver a Céline. Estaba delante de él, como un espejismo, metía la mano en la fuente y se mojaba la nuca antes de recolocarse el delantal y volver a la cafetería. Él también estaba en la puerta del café, esperando a que sus padres volvieran con los billetes que lo llevarían hasta la frontera, hacia la libertad. Céline sirvió agua con una jarra en una mesa cerca de él mientras, con una sonrisa tímida, lo invitaba a acercarse.

Era imposible. Aquella tarde en Francia, tantos años atrás, se reproducía ante él como una película antigua. De algún rincón de su memoria surgió cada detalle de los recuerdos de aquel día. Rememoró el temblor del agua en el vaso que Céline había dejado sobre la mesa metálica cuando los camiones alemanes entraron en la ciudad.

Recordó la metralla arrasando los escaparates de los comercios, las mesas rompiéndose, los cristales haciéndose añicos y los gritos. La chaqueta se le cayó al suelo y Céline bajó la mirada hasta la estrella de David raída que llevaba en la solapa. Lo agarró con fuerza del brazo y lo empujó apresurada por el pasillo estrecho de aquella casa fría de piedra. Bajaron las escaleras polvorientas a toda prisa y llegaron al sótano. Céline llevándose el dedo a los labios para que guardara silencio fue lo último que vio antes de que la trampilla que había encima de él se cerrase.

David se dejó caer sobre la tierra húmeda, junto a su querida Céline. Cerró los ojos y no opuso más resistencia contra lo que fuera que su mente cansada estuviera haciendo.

Recordó aquel invierno hórrido en Limoux en el que ella colocaba un disco de Bach en el gramófono cada vez que Otto, el general alemán que entonces ocupaba la casa, salía. Durante los cinco largos meses que estuvo escondido, David memorizó cada tono y cada acorde mientras esperaba con impaciencia a que Otto se fuera y Céline levantase la alfombra para darle una hogaza de pan, una manzana o alguna noticia.

—Otto tiene un olfato fino para los judíos, David—, dijo una de las primeras veces que bajó al sótano.

A veces escuchaba a los soldados golpeando las puertas con los puños, a las mujeres hablando con nerviosismo y a Otto pisoteando el suelo con las botas. Con menor frecuencia y en mitad de la noche, David oía el chirrido rítmico y acelerado de la cama de un dormitorio lejano, pero sabía que no era amor; tenía que recordarse a sí mismo que, en algún lugar, el cariño, la magia y la luz aún existían.

Cuando una noche ya a finales de la guerra de repente se abrió la trampilla del sótano, David puso los brazos escuálidos en alto aguardando a Otto, pero era Céline. Tenía la mirada húmeda, el rostro pálido por el miedo y el cuello marcado por lo que parecían ser unas uñas. Estaba temblando y apenas podía sujetar la maleta pequeña y el fajo de francos que le mostraba. David no se lo pensó. La cogió de la mano y Céline lo guio hasta que estuvieron en la calle. Esa sería la última vez que vería a Otto, pero nunca olvidaría la postura caída de uno de sus hombros.

Siempre había seguido a Céline, aun sin conocer su historia al completo. No le importaba.

Inclinó la cabeza sobre el brazo que se había torcido y recordó el vestido de algodón blanco y discreto que ella llevó el día que se casaron en el registro británico. Fue una ceremonia sencilla, y apenas meses después le dieron la bienvenida a su hijo, Leon.

Nunca le preguntó lo que ocurrió aquella noche en Limoux. No hablaban sobre el pasado y, tras la llegada de Leon, ya no tenía importancia.

Presionó el rostro un poco más contra la tierra y pensó en las mejillas de Céline, suaves como la hierba. Recorrió las hendiduras que dibujaban su nombre con el dedo. Después se tumbó y extendió los brazos en señal de rendición, pero esta vez en una entrega diferente. Abrazó la losa de piedra fría colocada solo unas semanas antes y se fue quedando dormido mientras le parecía escuchar una de las suites para violonchelo de Bach emergiendo de los campos. La lluvia intensa lo empapó, y David creyó sentir a Céline pasándole los dedos por el pelo. Esa sensación le frenó los latidos acelerados del corazón y le calmó la respiración. El traje se le oscureció con las gotas de lluvia, y el sonido de los juncos meciéndose unido al canto de un gavilán lo volvieron a llevar lejos de allí. Le pareció escuchar a Céline susurrando:

—Ssshhh... Todo saldrá bien, tranquilo.

Pasada la medianoche, las luces de un coche familiar lo trajeron de vuelta a la realidad. Entreabrió los ojos y, aunque lo veía todo borroso, supo que era de noche otra vez. Estaba de vuelta en Essex y se había despertado de aquel sueño. Permaneció tumbado, incapaz de moverse. Tampoco quería. La lluvia lo abofeteó y el traje húmedo le caló los huesos. Estaba helado.

Siguió con la mirada la luz blanca que se movía de izquierda a derecha por el campo. Tras ella, una silueta enorme y oscura lo cautivó. Había algo aterrador y familiar en la forma torcida de uno de los hombros de quien, con paso firme, avanzaba hacia él. Ya lo había visto antes.

—¡No! —Quiso gritar. No dejaría que Otto volviera a hacer daño a Céline, pero las palabras salieron casi como un susurro. La sombra con el hombro caído se acercó a él.

—Todo está bien, estás a salvo. David cerró los ojos con fuerza.

—¿Céline? —vaciló, aferrándose a la tierra. Quería volver a sentir el olor de las rosas, pero solo percibió el del antiséptico. Después de tantos años, las imágenes de aquella noche encajaban a la perfección: las heridas en el cuello de Céline, el crujido del colchón de un dormitorio lejano y las fuertes pisadas de las botas de Otto. David supo que Otto hizo daño a Céline aquella noche, pero no se dio cuenta hasta ese mismo instante de cuánto daño le había hecho a él también. Fue Otto quien había apartado a Céline de su familia y quien les había dado su hijo.

—Ven, vamos a llevarte a casa, papá —le dijo aquella voz.

Movido por su sentido del deber, Leon levantó a su padre y lo llevó en brazos hasta el coche bajo la lluvia. David se abrazó a su cuello. Muy a su pesar, se sintió seguro.

UNMASKED WRITINGS:
LOVE FROM AFAR

HISTORIAS DESCONFINADAS:
AMOR A DISTANCIA

First published by Egg Box Publishing, 2021
Part of the UEA Publishing Project Ltd. International © retained by individual authors. This book is sold subject to the condition that it shall not, by way of trade or otherwise, be lent, resold, hired out, stored in a retrieval system, or otherwise circulated without the publisher's prior consent in any form of binding or cover other than that in which it is published and without a similar condition including this condition being imposed on the subsequent purchaser.

ISBN: 978-1-913861-63-6
Printed and bound in the UK
Designed and typeset by Anna Brewster / annabrewster.co.uk

Project Coordinators
Bruno Echauri Galván—University of Alcalá
Maria Gómez Bedoya—University of East Anglia PPL
Silvia García Hernández—University of Alcalá
Lorena Silos Ribas—University of Alcalá
KR Moorhead—University of East Anglia LDC

Project Editor/Proofreader
Antonela Pallini Zemin

Editorial Assistants
Kieran Devlin & Martha Griffiths